獅子、大象和小老鼠‧陪你一起長大系列

無公平！

陶樂蒂　著

獅仔逐工出門進前，
會共媽媽唚兩下，

正爿一下，

倒爿一下，

伊感覺按呢較公平。

小獅子每天出門之前，
都會給媽媽兩個親親，
右臉一個，左臉一個，
他覺得這樣很公平。

佮鴨咪仔做伙跳索仔的時陣，

「無公平！你有翼！」

跟鴨子玩跳繩的時候，
「不公平！你有翅膀。」小獅子說。

耍吭翹枋的時陣，

「**無公平**！恁有兩个！」

玩蹺蹺板的時候，
「不公平！你們有兩個。」小獅子說。

騎跤踏車的時陣，

「無公平！

恁三个做伙塌！」

騎腳踏車的時候，
「不公平！你們三個一起踩。」
小獅子說。

比賽跳遠的時陣，

「無公平！

你本來就較勢跳！」

比賽跳遠的時候，
「不公平！你本來就比較會跳。」
小獅子說。

遏手把的時陣，

「**無公平！**
你的手骨比我較勇！」

比腕力的時候，
「不公平！你的手臂比我壯。
小獅子說。

食點心的時間到矣，
逐家攏去洗手。

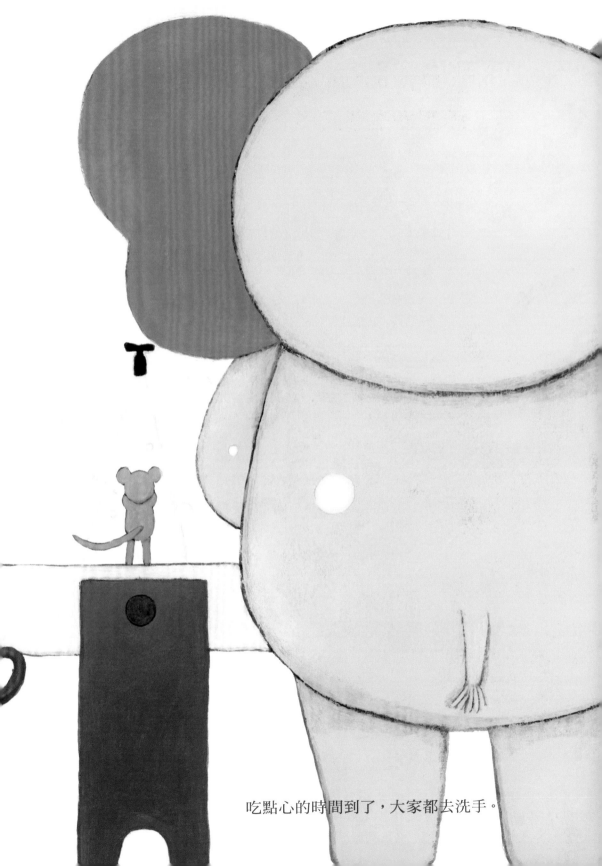

吃點心的時間到了，大家都去洗手。

今仔日，
一人一罐牛奶，
一塊麭。

獅仔看著伊的麭，感覺足細、足細……

今天一人一瓶牛奶，一個麵包。
小獅子看著他的麵包，覺得好小、好小……

伊感覺⋯⋯

他覺得……

「哪會?
一人一份,誠公平啊!」

聽猴山仔按呢講，獅仔哭甲愈**大聲**。

「怎麼會？一人一份很公平啊！」
聽到小猴子這樣講，小獅子哭得更大聲。

「我食無遮濟，分你一半。」
　鳥鼠仔一講煞，
　獅仔的目屎就無閣輾落來矣。

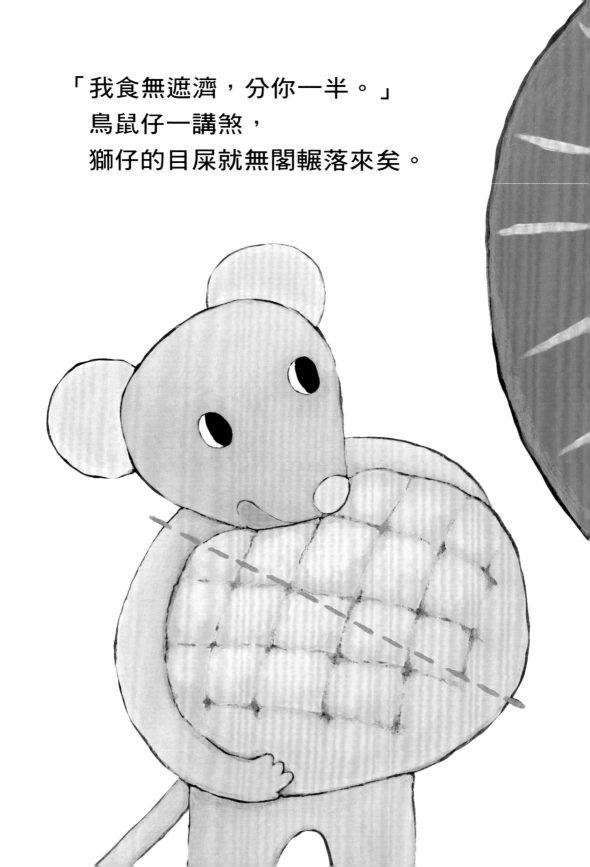

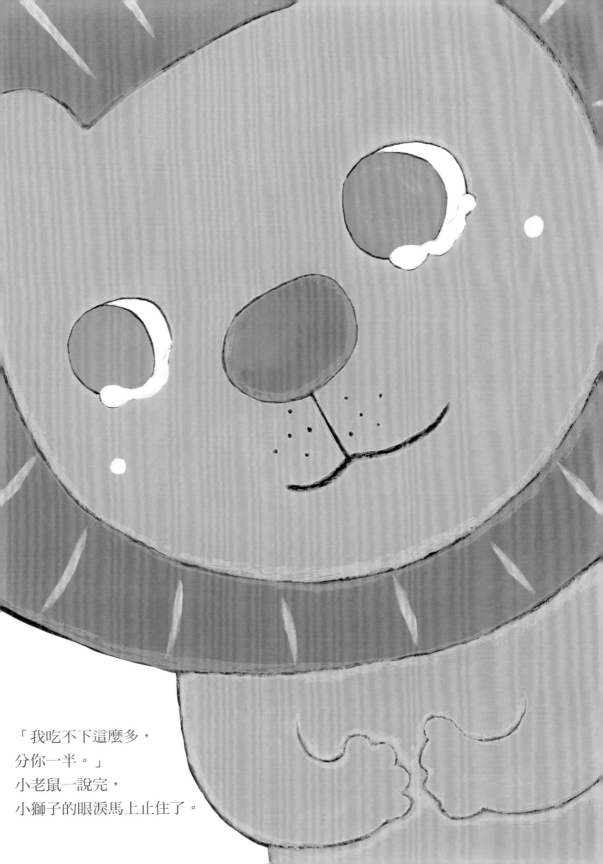

「我吃不下這麼多，
分你一半。」
小老鼠一說完，
小獅子的眼淚馬上止住了。

「我嘛感覺無公平！」
象有淡薄仔受氣。

「我也覺得不公平！」
大象有點生氣。

獅仔感覺歹勢，
共伊的半塊麭閣分一半，
一半予象，
一半留予家己。

小獅子覺得不好意思，
把半個麵包再分成兩半，
一半給大象，一半給自己。

「按呢才公平！」

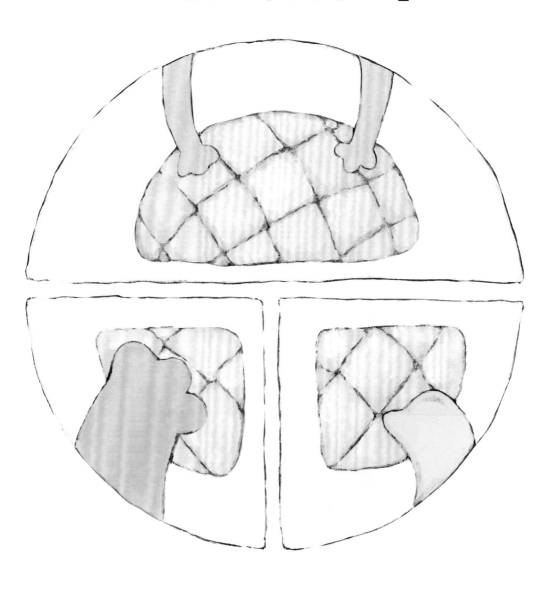

這樣才公平！

我家己感覺公平的代誌，別人敢嘛是按呢想？故事一開始，
坐佇吭翹枋兩頭的獅仔和花豹，看起來是平重，毋過獅仔獨
獨一个、花豹煞有兩个，按呢個做伙耍到底是公平？抑是無
公平？對遮我開始想啥物是公平？有人感覺逐个人攏有就是
公平，嘛有人感覺物件攏愛全款，才是公平。我認為的「公平」
是相對的概念，答案是無的確誒。上重要的是愛看著家己有
的，願意分一寡予有欠缺的人，嘛予個感覺公平。

我覺得公平的事，別人也這麼覺得嗎？故事一開始，坐在蹺
蹺板兩端的獅子和花豹看起來一樣重，但獅子只有一個，花
豹卻是兩個，他們一起玩到底是公平還是不公平？我開始想
什麼是公平，有人認為每個人都有就是公平，也有人覺得東
西要完全一樣才叫公平。我認為「公平」是相對的概念，沒
有標準答案，最重要的是要看見自己所擁有的，也願意分享
給那些沒有的人，讓他們也感覺到公平。

線上臺文朗讀音檔

https://bit.ly/3OdnRve

作者介紹

陶樂蒂

法律系碩士畢業，對一九九六年開始畫圖、寫故事、做繪本。愛用佮臺灣水果共款熱情繽紛的色緻，畫出來的圖冊色水飽滇，故事溫柔。頭一本繪本作品《好癢！好癢！》得著第九屆陳國政兒童文學獎繪本類首獎，《陶樂蒂的開學日》嘛得著第十四屆信誼幼兒文學獎佳作。

平常時仔愛煮食，嘛愛看冊、種花，佮聽 Rock，已經出版的冊有：《大野狼的餐桌》、《起床囉》、《睡覺囉》、《小鷹與老鷹》、《陶樂蒂的開學日》、《給我咬一口》、《給你咬一口》、《我要勇敢》、《我沒有哭》、《好癢！好癢！》、《好吃！好吃！》、《花狗》、《媽媽，打勾勾》、《誕生樹》。

這是我頭一擺用臺語來創作繪本。

小麥田繪本館
無公平

小麥田　獅子、大象和小老鼠・陪你一起長大系列

作 繪 者	陶樂蒂
審 定	鄭順聰
封 面 設 計	陳雯惠
美 術 編 排	陳雯惠
主 編	汪郁潔
責 任 編 輯	蔡依帆

國 際 版 權	吳玲緯 楊靜
行 銷	闕志勳 吳宇軒 余一霞
業 務	李再星 李振東 陳美燕
總 編 輯	巫維珍
編 輯 總 監	劉麗真
事業群總經理	謝至平
發 行 人	何飛鵬
出 版	小麥田出版

115 台北市南港區昆陽街 16 號 4 樓
電話：(02)2500-0888
傳真：(02)2500-1951

發　　行　英屬蓋曼群島商家庭傳媒股份有限公司城邦分公司
115 台北市南港區昆陽街 16 號 8 樓
網址：http://www.cite.com.tw
客服專線：(02)2500-7718 ｜ 2500-7719
24 小時傳真專線：(02)2500-1990 ｜ 2500-1991
服務時間：週一至週五 09:30-12:00 ｜ 13:30-17:00
劃撥帳號：19863813　　戶名：書虫股份有限公司
讀者服務信箱：service@readingclub.com.tw

香港發行所　城邦 (香港) 出版集團有限公司
香港九龍土瓜灣土瓜灣道 86 號順聯工業大廈 6 樓 A 室
電話：(852)25086231
傳真：(852)25789337
E-MAIL：hkcite@biznetvigator.com

馬新發行所　城邦 (馬新) 出版集團 Cite (M) Sdn Bhd.
41, Jalan Radin Anum,
Bandar Baru Sri Petaling,
57000 Kuala Lumpur, Malaysia.
電話：+6(03) 90563833
傳真：+6(03) 90576622
讀者服務信箱：services@cite.my

麥田部落格　http:// ryefield.pixnet.net
印　　刷　漾格科技股份有限公司
初　　版　2024 年 4 月
售　　價　340 元
ISBN 978-626-7281-69-7
EISBN 9786267281680 (EPUB)
版權所有 ・ 翻印必究
本書若有缺頁、破損、裝訂錯誤，請寄回更換。

國家圖書館出版品預行編目資料

無公平 / 陶樂蒂著 . -- 初版 . -- 臺北
市 : 小麥田出版 : 英屬蓋曼群島商家
庭傳媒股份有限公司城邦分公司發行,
2024.04
面；　公分 . -- (小麥田繪本館)
ISBN 978-626-7281-69-7(精裝)

863.599　　　　　　　　113000183

城邦讀書花園
www.cite.com.tw
書店網址：www.cite.com.tw

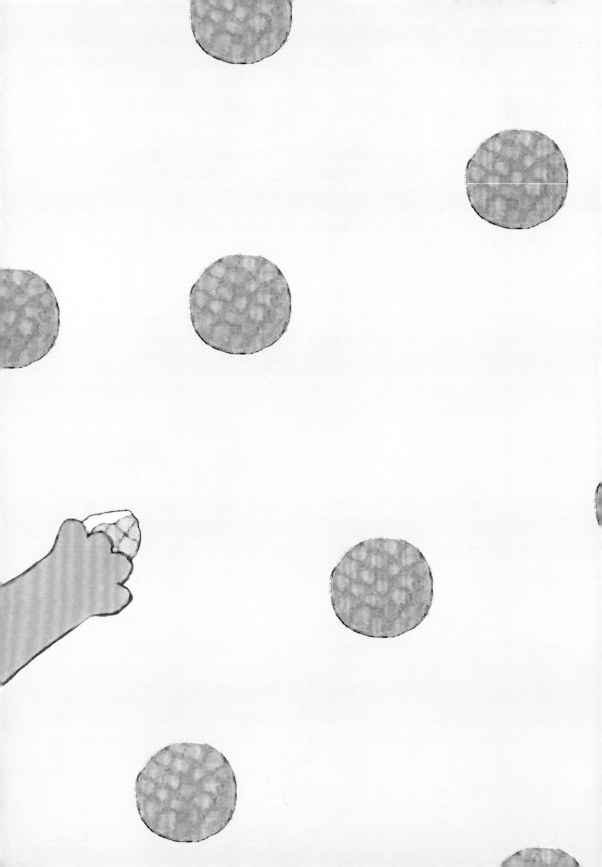